VENTE

Du Lundi 24 Mars 1902

HOTEL DROUOT, SALLE N° 11

à deux heures

TABLEAUX

ET

ÉTUDES

PAR

LE SÉNÉCHAL DE KERDRÉORET

COMMISSAIRE-PRISEUR

Me LÉON TUAL

56, rue de la Victoire

EXPERTS

MM. J. CHAINE et SIMONSON

19, rue de Caumartin

IMPRIMERIE DES ARTS

CATALOGUE

DES

TABLEAUX

ET

ÉTUDES

PAR

LE SÉNÉCHAL DE KERDRÉORET

DONT LA VENTE AURA LIEU

HOTEL DROUOT, SALLE N° 11

LE LUNDI 24 MARS 1902

à deux heures

COMMISSAIRE-PRISEUR	EXPERTS
Mᵉ LÉON TUAL	**MM. J. CHAINE et SIMONSON**
56, rue de la Victoire, 56	19, rue de Caumartin, 19

Chez lesquels on délivre le Catalogue

EXPOSITIONS

GALERIE DES ARTISTES MODERNES

19, rue Caumartin

Les Vendredi 21 et Samedi 22 Mars 1902, de 10 h. à 5 h.

HOTEL DROUOT, SALLE N° 11

Le Dimanche 23 Mars 1902, de 1 heure 1/2 à 5 heures 1/2

CONDITIONS DE LA VENTE

Elle sera faite au comptant.

Les adjudicataires paieront *dix pour cent* en sus des enchères.

Paris.—Imprimerie de l'Art, E. Moreau et Cⁱᵉ, 41, rue de la Victoire.

DÉSIGNATION

1 — *Avant-Port de Dieppe.*

2 — *Coup de vent au Tréport.*

3 — *Le Port d'Antibes.*

4 — *Le Quai de Villefranche.*

5 — *Les Falaises de Mers.*

6 — *La Baie de Cancale.*

7 — *Antibes.*

8 — *Le Port de Cassis.*

9 — *La Ville Égidoux, Cancale.*

10 — *Port-Louis.*

11 — *La Jetée Nord au Tréport.*

12 — *Ile Chausey.*

13 — *La Retenue au Tréport.*

14 — *Quai François Ier, Tréport.*

15 — *Trinité-sur-Mer, Morbihan.*

16 — *Cancale.*

17 — *Le Rocher de Cancale.*

18 — *La ville d'Eu.*

19 — *Pleine mer, Tréport.*

20 — *La Jetée à Cancale.*

21 — *Quai de la République, Tréport.*

22 — *Barques de pêche à Cancale.*

23 — *Du Tréport à Eu.*

24 — *Une Rue à Villefranche.*

25 — *Avant-Port, Tréport.*

26 — *Loc-Malo, Port-Louis.*

27 — *La Bresle au Tréport.*

28 — *Embarquement d'huîtres, Cancale.*

29 — *Fort Carré à Antibes.*

3o — *Villefranche.*

31 — *A Cancale.*

32 — *La Jetée Nord au Tréport.*

33 — *Moulin à Hirel, Dol.*

34 — *Quai au Tréport, marée basse.*

35 — *La Rade de Brest.*

36 — *Entrée du port de guerre, Brest.*

37 — *Cap Canaille, Cassis.*

38 — *Sur la Falaise, à Cancale.*

3g — *Petit bras de la Seine à Billancourt.*

4o — *A Antibes.*

41 — *Le Matin à Cancale.*

42 — *La Santé à Villefranche.*

43 — *Les Roches de Cancale.*

44 — *Tréport, effet d'orage.*

4 5 — *Dans les parcs à Cancale.*

46 — *Montagne du château à Cassis.*

47 — *Saint-Valery-sur-Somme.*

48 — *Mer calme à Cancale.*

49 — *Entre les Jetées, Tréport.*

5 o — *Chemin de la gare à Cassis.*

5 1 — *Le Pollet à Dieppe.*

5 2 — *Aux Martigues.*

53 — *A la ville d'Eu.*

5 4 — *Le Hoc, à Cancale.*

5 5 — *Marché aux poissons, Tréport.*

56 — *Coup de vent dans la baie de Cancale.*

57 — *Un Moulin à Saint-Valery-sur-Somme.*

58 — *L'Entrée du Goulet à Brest.*

5 9 — *Saint-Valery-sur-Somme.*

6 o — *Antibes, temps de pluie.*

61 — *Plogastel.*

62 — *Pleine mer au Tréport.*

63 — *Aux Martigues.*

64 — *Le Port de Saint-Valery-sur-Somme.*

65 — *Ferme aux environs d'Eu.*

66 — *Aux Martigues.*

67 — *Village près Saint-Valery-sur-Somme.*

68 — *La rivière de Landerneau.*

69 — *Bretonnes de Plogastel.*

70 — *Ramasseuses d'huîtres, Cancale.*

71 — *Le Passage de Plogastel à Kerhuon.*

72 — *L'Escadre à Villefranche.*

73 — *Bateau échoué dans les parcs.*

74 — *La rade de Brest.*

75 — *Le Port de Cassis.*

76 — *Tréport, marée haute.*

77 — *Avenue de la République à Cassis.*

78 — *La Porte des Champs-Vauvert.*

79 — *Villefranche.*

80 — *La Plage de Bon-Secours.*

81 — *Marée basse au Tréport.*

82 — *Canal de la Bresle au Tréport.*

83 — *La Seine à Ivry.*

84 — *Baie de Cancale, marée basse.*

85 — *Sardiniers au Port-Louis.*

86 — *Le Pont Saint-Michel à Paris.*

87 — *Effet d'orage à Mers.*

88 — *A Etaples.*

89 — *Les Sardiniers à Port-Louis.*

90 — *En vue du Tréport.*

91 — *Fort royal à Saint-Malo.*

92 — *Environs de Carnac.*

93 — *Pleine mer.*

94 — *Bateaux de pêche.*

95 — *Gros temps dans la Manche.*

96 — *Marée basse à Cancale.*

97 — *Au Mont-Huon, Tréport.*

98 — *Le Château à Saint-Malo.*

99 — *La Jetée Sud au Tréport.*

100 — *Cour de ferme à Vieux-Rouen.*

101 — *Barques de pêche en vue du Tréport.*

102 — *La Jetée à Cancale.*

103 — *Temps calme.*

104 — *La Baie de Cancale.*

105 — *Marée basse, Tréport.*

106 — *La Seine au Point-du-Jour.*

107 — *Barques de pêche au Tréport.*

108 — *Barques de pêche à Cancale.*

109 — *La Jetée au Tréport.*

110 — *Le Port de Saint-Malo.*

111 — *La Jetée Nord, Tréport.*

112 — *Garde-pêche dans la Bresle.*

113 — *Le Marché au Tréport.*

114 — *Barques de pêche.*

115 — *L'Eglise du Tréport.*

116 — *La Nuit à Saint-Malo.*

117 — *La Rentrée au port.*

118 — *Marché au Tréport.*

119 — *Aux Martigues, soleil couchant.*

120 — *Débarquement du poisson au Tréport.*